REFLEXIONS CRITIQUES, SUR LA TRAGÉDIE DE ZELMIRE;

Par un Bel-Esprit du Caffé de PROCOPE.

Le prix est de douze sols.

M. DCC. LXII.

REFLEXIONS CRITIQUES, SUR LA TRAGÉDIE DE ZELMIRE;

Par un Bel-Esprit du Caffé de PROCOPE.

Le prix est de douze sols.

M. DCC. LXII.

RÉFLEXIONS CRITIQUES,

SUR

LA TRAGÉDIE DE ZELMIRE,

Par un Bel-Eſprit du Caffé de PROCOPE.

ON ne liſoit déjà plus *Iphigénie en Tauride* ; les Comédiens reſſuſcitoient encore quelquefois *Hypermneſtre*, mais ſans témoins ; *Aſtarbé*, *Briſéis*, *Térée*, *Caliſte*, *Zaruckma*, &c. &c. &c. étoient plongés dans un profond oubli, lorſque Jeudi 6 Mai, on afficha pour la premiere fois *Zelmire*, Tragédie de M. DE BELLOY, Auteur de *Titus*, que je vis, parce que je ne manque jamais les premieres repréſentations.

Plus on en ſiffle, & plus on en préſente :
C'eſt une preſſe . . . .

Je volai à la Comédie Françoiſe ; on ouvrit la petite fenêtre ; je me précipitai à travers la foule ; je reçus quelques coups, j'en donnai, & enfin j'attrappai un billet de Parterre.

Le hazard me fit placer près d'un jeune homme, que je jugeai Bel-Eſprit ſur tout le mal qu'il diſoit des autres Beaux-Eſprits. Nous liâmes converſation ; nous parlâmes beaucoup de nos jeunes

Poëtes; il me parut bien mieux inſtruit que moi des nouvelles Littéraires. Je lui demandai, ſi les Auteurs modernes qui avoient déjà travaillé pour le Théâtre ne ſe préparoient point à reparoître ſur la Scène; il me dit:

Que M. C... travailloit à nous redonner le *Germanicus* de Pradon.

Que M. L...... dégoûté des tracaſſeries du Parterre & des critiques, avoit formé le courageux projet de quitter le Théâtre.

Que M. P.....(qu'on prenne bien garde de le confondre avec celui qui a fait de mauvais vers) compte nous régaler de ſon *Ajax*, que les Comédiens ont promis de jouer, s'il pouvoit le corriger.

Que M. C.... va tâcher d'embellir de ſon élégante verſification le ſujet de *Rodogune*, ainſi qu'il en a embelli *Heraclius*.

Que M. S.... croit qu'il n'eſt point de la dignité d'un Académicien de ſe faire ſiffler.

Que M. P..... penſoit avoir fait aſſez de progrès dans la Comédie, pour riſquer inceſſamment ſur le Théâtre les Maſques anciens.

Et qu'enfin M. D.... Comme il alloit continuer, la toile ſe leva, les Acteurs parurent, & il ſe tut pour les écouter.

Pour mettre le Lecteur en état de juger des réflexions de notre Bel-Eſprit, je vais lui mettre ſous les yeux une analyſe rapide de la nouvelle Pièce.

Le ſujet eſt entierement de l'imagination de M. DE BELLOY. La Scène eſt à Mitilène, Capitale de Leſbos. Le Théâtre repréſente une eſpèce de ruë, d'où l'on voit un temple, un tombeau, un boſquet qui ſert d'avenue au temple, & la mer eſt dans le lointain. Polidore, Roi de Leſbos; Zelmire, fille de Polidore; Antenor, Prince du ſang des Rois de Leſbos; Ilus, Prince Troyen, époux de Zelmire; & Rhamnès, Général de l'armée Leſbienne, ſont les principaux perſonnages.

ACTE I.

Zelmire ouvre le premier Acte avec ſa Confidente, qui, arrivant de Samos, ignoroit tout ce qui s'étoit passé, & croyoit ainsi que la plûpart des Lesbiens, Zelmire coupable de parricide; indignée d'une pareille horreur, elle la fuit; mais Zelmire la détrompe, & lui dit :

Ta tendresse va croître au récit de la mienne.

Elle lui raconte alors tout ce qui peut avoir donné lieu à ce soupçon; combien il importe pour le salut de son père qu'on la croye toujours parricide : elle lui apprend qu'Azor, fils de Polidore, pendant qu'Ilus étoit à Troye, non content d'avoir chassé son père du Trône pour s'y placer, avoit encore formé le projet barbare de le laisser mourir de faim; Zelmire instruite du sort de son père, vole à ſon ſecours, & peint ainſi ſa ſituation.

J'entre, je vois mon pere à mes pieds étendu;
Je ſens le froid mortel ſur ſon corps répandu;
Je le preſſe en mes bras, & ſa bouche expirante
Pouſſe en foibles ſanglots une voix défaillante;
J'écoutai la Nature, elle vint m'inſpirer
D'oſer changer ſes loix pour la mieux honorer.
Son trouble impérieux ne connoît pas d'obſtacles;
La Nature allarmée enfante des miracles:
Du lait que pour mon fils elle avoit deſtiné,
Mon ſein même a nourri mon pere infortuné.

Zelmire eſt ſurpriſe par un des Thraces qui gardoient ſon père. Elle vient à bout de le fléchir;

Car l'inflexible airain de l'ame la plus dure
S'ébranle & s'amollit au cri de la nature.

Ce Thrace fournit à Polidore les moyens de ſe ſauver de la fureur de ſon fils; Zelmire va tromper ſon frère, lui apprend la fuite de Polidore, & lui dit qu'il s'étoit réfugié dans un temple, où un des ſiens ſe défendoit encore. Auſſi-tôt Azor fit mettre le feu au temple, & tout fut réduit en cendres. Zelmire montre à Ema le tombeau

Où des Rois de Lesbos on révère la cendre;
Où ſon pere vivant fut forcé de deſcendre.
. . . .
L'aſyle de la mort eſt celui de ſa vie.

Azor ne jouit pas long-tems de ſon crime, on le trouve aſſaſſiné dans ſa tente. Le peuple & l'armée choiſiſſent Antenor pour Roi.

Ema, revenue de ſon erreur, court veiller à leur ſûreté. Zelmire reſtée ſeule, fait ſortir Polidore de ſon tombeau, & l'inſtruit de la mort d'Azor,

Qui sut mieux que personne éblouir le vulgaire,
Qui joignit sous les traits d'un visage enchanteur
Le froid de la prudence au feu de la valeur.

Polidore & Zelmire s'attendrissent tous deux. Je me livre, dit Zelmire,

A ce tendre devoir, à cet amour sacré,
Du nom de piété justement honoré,
J'offre mes premiers vœux au Maître du Tonnerre,
Mais l'auteur de mes jours est mon Dieu sur la Terre.

Ema vient leur annoncer l'arrivée d'Antenor. Ils se séparent; Polidore rentre dans le tombeau. Zelmire sort, Antenor paroît suivi de ses soldats & du peuple. Rhamnès lui offre le Trône auquel son rang l'appelle. Antenor le refuse avec la plus grande noblesse.

Le Trône de Lesbos est au fils de Zelmire;
L'élever pour son Peuple est la gloire où j'aspire;
Je serai plus chéri, plus grand, plus respecté
D'avoir fait un bon Roi, que de l'avoir été.

Antenor ordonne au peuple d'aller au sacrifice qu'on doit faire au temple. Rhamnès reste seul avec Antenor, & lui marque l'étonnement que lui cause le refus qu'il a fait du Trône. Antenor a besoin de Rhamnès;

Il sait bien qu'à la Cour de vains noms revêtu;
Le soin de sa fortune est la seule vertu.

Voici comme il se découvre à son Confident:

Tu n'es rien, si je sers, & tout si je suis Roi.
Voilà sur quels garans je vais t'ouvrir mon ame,
Rhamnès, dès le berceau l'ambition m'enflâme;

Sorti du Sang des Rois, mais du Trône éloi-
gné,
J'en dévorois l'espace en mon cœur indigné.
La force ne pouvoit m'en briser les barrières,
La souple Politique *écarta les premières* . . .
. . . .

On voit maintenant qu'Antenor est un scélérat décidé, dont la fausse grandeur n'est qu'un voile aux crimes les plus atroces. Il déclare à Rhamnès que c'est lui qui a conseillé à Azor le parricide, qu'il l'a ensuite assassiné lui-même, & qu'il projette d'en accuser Phorbas, l'ami de Polidore. Antenor avoit instruit Polidore des projets d'Azor, pour perdre le fils par le père, ou le père par le fils. Il continue de se peindre par ces vers :

J'ai fondé ma grandeur sur l'estime publique;
D'un sage usurpateur, utile politique,

Je feins de fuir un Trône où tendent tous mes
pas ;
J'adore des Dieux vains que mon cœur ne croit
pas.
Et tu vois que le Peuple, & la Cour & l'Armée,
De cent titres divins chargent ma Renommée ;
Mon nom n'est prononcé qu'entouré de vertus,
Gardons de dessiller des yeux si prévenus.
J'ai sû tromper mon siècle, & je veux davantage ;
Je veux que son erreur s'étende d'âge en âge,
Et que tout l'avenir ne puisse voir en moi
Qu'un Sujet vertueux que le sort a fait Roi.

Le fils de Zelmire, pour lequel il paroît avoir refusé le Trône, n'est qu'un instrument pour s'affermir dans l'usurpation qu'il médite, & un ôtage contre Ilus, si la vérité se découvroit ; mais, continue-t-il,

Tu me crois trop prudent pour lui laisser atteindre
L'âge de se connoître & le tems d'être à craindre.

Il employe même les apparences de la vertu pour engager Rhamnès à entrer dans ses vûes.

Tels sont les grands projets où mon choix t'associe,
L'intérêt est le nœud, la chaîne qui nous lie;
Ce Dieu des Courtisans me répond de ta foi,
Ce Dieu des Souverains te répondra de moi.

Rhamnès reste seul. Il flotte entre le crime & la vertu. Il se décide pour le premier, puisqu'il ouvre la route du bonheur, & dit ces vers qui finissent le premier Acte.

Dans ce siécle coupable, à quoi sert la vertu?
Quel fruit en recueillit le sage Polidore?
Des titres, des grandeurs, *si la soif me dévore*;
Je voulois noblement en mériter l'honneur;
Les forfaits sont ici la route du bonheur.
Du Maître que je sers, embrassons les maximes:
Dieux! en le couronnant vous me forcez aux crimes.

ACTE II.

Zelmire vient annoncer à Polidore la magnanimité apparente d'Antenor, qui refusoit le Trône pour le céder à son fils. Elle exhorte son père à se confier à un Sujet si fidèle. Polidore y consent. Zelmire alloit le livrer à son oppresseur, lorsqu'Ema amene le Soldat Thrace qui avoit fait évader Polidore de sa prison. Ce Thrace apprend à Polidore & à Zelmire qu'Antenor vient d'assassiner Azor, qui profitant des derniers instans de sa vie, traça un écrit, dans lequel il imputa tous ses crimes à Antenor. Zelmire & Polidore sont surpris. Il faut fuir un nouveau persécuteur. Le Thrace ce leur propofe de leur en faciliter les moyens ; il eft chargé d'efcorter Zelmire jufqu'à Troye , où Antenor va la renvoyer. Polidore, dit-il, pourra paffer à votre fuite ; & lorfque vous aurez joint Ilus, vous fongerez à punir Antenor. Le Thrace fort, & Polidore marque ainfi fa reconnoiffance.

Quels nobles fentimens en cette humble fortune !
O leçons pour les grands trop vaine & trop commune !
A ces derniers humains quel Roi veut s'abaiffer ?
Quand ils font malheureux daignons-nous y penfer ?
Nos yeux remarquent-ils leur obfcure exiftence ?
Leur zèle la prodigue à notre indifférence ;
Et loin de fe venger de nos mépris honteux,
Ils font hommes pour nous quand nous fouffrons comme eux.

Pendant que Zelmire tremble pour ſon fils, qui eſt au pouvoir d'Antenor, on vient annoncer ce dernier. Toujours paré des dehors de la vertu, il dit à Zelmire, que pour ôter au jeune Prince ſon fils l'exemple odieux d'une mère parricide, le peuple exige ſon éloignement, & que les vaiſſeaux ſont prêts pour ſon départ. Zelmire ſurpriſe, lui répond par ces vers :

Vos reproches, Seigneur, ont droit de me confondre,
Mais devant un Sujet je n'ai rien à répondre;
Je ne prends point pour juge un vain Peuple ni vous,
Mes juges ſont les Dieux, mon cœur & mon époux.

Elle tremble toujours pour ſon fils; mais elle eſpère ſauver ſon père par ceux qui fuiront à ſa ſuite; Antenor lui ravit cet espoir, en lui déclarant que ceux qui l'accompagneront, *Par de sévères yeux seront examinés.*

Arrive Ilus, il embrasse Zelmire, il veut voir Polidore; Antenor lui répond qu'il n'est plus, & que c'est Zelmire qui est l'auteur de sa mort. Ilus est étonné; il ne sçait que croire. *Quoi! Zelmire! ..... Mais non*, dit-il au Tyran, *vous me trompez, barbare!* Il interroge Zelmire: elle hésite; elle prend enfin son parti, & dit à part ce vers du grand Corneille:

Mon cœur immole-toi, la cause en est trop
belle.

Oui, s'écrie-t-elle par cette équivoque,

Oui, réduite à choisir de mon père ou d'Azor,
Ce que j'ai faite enfin, je le ferois encore.

Ilus à cet aveu frémit, ne voit Zelmire qu'avec horreur, vomit un torrent d'imprécations contre elle; je vais, lui dit-il,

Je vais loin de ces lieux, de ton Isle abhorrée,
Expier le forfait de t'avoir adorée.

Il veut aller demander son fils à Azor, qu'il croit encore vivant; Antenor lui répond qu'Azor n'est plus. *Est-ce vous qui regnez?* lui demande Ilus. Antenor dit que le Trône est à son fils, & Ilus veut l'emmener à Troye, loin de ce séjour d'horreur.

ACTE III.

Ilus a demandé son fils au Peuple, qui le lui a accordé. Antenor déconcerté, craint qu'Ilus ne découvre un jour ses forfaits ; en conséquence, il projette de l'assassiner ; car, dit-il,

En un mot, je ne crains qu'Ilus dans l'Univers,
Et par un crime heureux les autres sont couverts.

L'occasion se présente. Ilus arrive avec son Confident. Antenor se cache dans le temple, en disant que *s'il s'éloigne, il est mort*. Ilus le renvoye en effet, & reste. Antenor choisit l'instant où Ilus absorbé dans ses pensées, ne voit rien : il leve le bras pour le percer ; Zelmire sort à propos de la coulisse pour arrêter la main de l'assassin, & saisit le poignard, en s'écriant : *Ah ! malheureux !* Ilus se retourne, & l'attitude équivoque de Zelmire fournit à Antenor la hardieſſe de l'accuſer elle-même d'avoir voulu attenter à la vie de ſon époux : Zelmire tombe ſans ſentiment; Antenor profite de ce moment pour aller appeller ſa Garde. Zelmire ayant recouvré l'uſage de ſes ſens, veut apprendre à ſon époux que Polidore vit, & qu'il eſt caché dans le tombeau. Antenor qui revient l'empêche de parler. Zelmire eſt conduite en priſon. Ilus reſte ſeul. Il eſt étonné de tant d'horreurs de la part d'une femme qui paroiſſoit ſi vertueuſe; il fait une petite diſſertation ſur les femmes :

Quand ce ſexe enchanteur, à ſon devoir fidèle,
Suit de ſes douces mœurs la pente naturelle,

Ce sentiment plus tendre en son cœur répandu,
Par sa délicatesse épure la vertu ;
Mais quand cette douceur une fois abjurée,
Laisse à ses passions une femme livrée,
S'irritant par l'effort *que ce pas a couté,*
Son ame, avec plus d'art, a plus de cruauté.

Il se ressouvient que Zelmire lui a parlé du tombeau, il croit qu'il renferme quelqu'un de ses complices ; il met l'épée à la main & veut le visiter ; Polidore sort du temple, Ilus le reconnoît. *Ah ! Dieux !* s'écrie-t-il, *Zelmire est innocente !* Tout est éclairci ; Ilus va s'armer pour enlever son fils & son épouse ; il conseille à Polidore de se retirer sur ses vaisseaux. Ce tendre père ne peut y consentir, & veut sous l'habit d'un Troyen combattre pour sa fille ; & s'exprime ainsi :

Et dans de tels momens vous voulez que je fuie,
Ma fille m'a contraint à ſupporter la vie ;
Et lorſque ſon grand cœur veut s'immoler pour
moi,
Je craindrois d'expoſer des jours que je lui doi :
Non, non, Seigneur, je ſens ſous les glaces
de l'âge,
Le feu de mon amour rallumer mon courage,
Malgré mes ſens flétris je retrouve mon cœur,
Et mes bras énervés reprennent leur vigueur :
Hélas ! ce tendre ſoin de défendre ſa race,
A l'être le plus foible inſpire quelqu'audace.

. . . .

Près de vous combattant ſans éclat,
Souverain détrôné, je ne ſuis qu'un Soldat.

Ema termine cet Acte en venant avertir Ilus que le Thrace qui a vû mourir Azor, l'attend pour lui remettre le billet que ce Prince barbare a écrit avant d'expirer.

ACTE IV.

Zelmire arrive eſcortée par des Troyens ;

Troyens : on lui dit que ſon père eſt en ſûreté ſur les vaiſſeaux d'Ilus, & que le Prince ſon époux combat pour ravoir ſon fils. Zelmire, avec des yeux de Lynx, voit ce combat. Elle s'adreſſe à Mars, & le prie d'être propice au plus juſte parti.

La gloire eſt trop ſouvent le prix de l'injuſtice.

Elle voit qu'Antenor eſt vainqueur & qu'Ilus eſt vaincu. Un Troyen pourſuivi par Rhamnès s'enfuit dans le tombeau. Rhamnès ſoupçonne que ce Troyen s'eſt réfugié ſur les vaiſſeaux, il ordonne à ſes Soldats de les brûler; Zelmire tremble pour ſon pere; Rhamnès dit à ſes Soldats de cher-

C

cher s'il n'eſt point dans le tombeau ; ils y entrent ; ô ſurpriſe ! c'eſt Polidore ; étonnement de Rhamnès ; déſeſpoir de Zelmire qui s'accuſe alors du parricide tant de fois reproché. Polidore veut aller venger Ilus ; mais Zelmire l'arrête en lui diſant que c'eſt à ſon époux & à ſon fils à s'immoler pour lui.

J'idolâtre mon fils, j'adore mon époux ;
Mais ne doivent-ils pas donner leur ſang pour
vous ?
Ma vie eſt votre bien, je vous la ſacrifie,
Ils vous ſont, comme moi, comptables de leur
vie.
L'un naquit votre fils, l'autre l'eſt par ſon
choix,
Et le même devoir nous enchaîne tous trois.

Elle veut toucher Rhamnès en faveur de ſon Roi, & lui adreſſe le diſcours ſuivant.

Ô Lesbiens ! le ſang qu'on puiſe en ma patrie,
Des Thraces nos Tyrans n'a point la barbarie,
Les féroces mortels ont endurci vos mœurs,
Mais l'humanité ſainte eſt au fond de vos cœurs;
Rhamnès, un rang illuſtre a flatté tes ſouhaits,
Mais tu n'es point vieilli ſous le joug des forfaits,
L'exemple d'Antenor, les ſuccès déteſtables,
Auront pu t'égarer ſur ſes traces coupables,
Quelque prix qu'à tes vœux ſa fureur puiſſe offrir,
Ferons-nous moins pour toi, ſi tu veux nous ſervir,
Epure ta grandeur & la rend légitime,
Obtiens par la vertu ce que tu dois au crime.

Ah, s'écrie-t-elle, *mon pere !... il s'attendrit !* Elle ſe jette à ſes genoux; mais Antenor arrive, Ilus le ſuit. Rham nès lui fait voir Polidore; il ſoutient la vûe de ce Roi, ſans être déconcerté, Polidore s'adreſſe ainſi à Antenor.

Je te parle en vainqueur au ſein de mes revers;
Le crime couronné craint l'innocence aux fers;

Tu caches la terreur sous les traits de l'audace;
Je vois pâlir ton front, lorsque ton œil menace.

Antenor dit au Peuple que puisque Polidore vit, il ne faut pas douter qu'il ne soit le meurtrier d'Azor. Zelmire confondue s'écrie;

Et la foudre, grand Dieu, reste oisive en tes
mains!

Antenor résout le supplice de Zelmire & de Polidore & veut les faire juger par le Peuple; Ilus est furieux, on l'emmene en prison.

ACTE V.

Ilus vient sur le théâtre & se plaint à son Confident que Rhamnès lui a enlevé l'écrit d'Azor & qu'il n'a plus les moyens de confondre Antenor aux yeux du Peuple. Antenor arrive avec Rhamnès. Le Prince Troyen étonné de tant d'horreurs lui dit :

Non, rien n'épuisera sa fertile imposture,
C'est le dehors trompeur de l'intégrité pure ;
A force de forfaits te voilà parvenu
A la tranquillité que donne la vertu.

Il s'emporte en imprécations contre le Tyran. On verra, dit-il :

On verra tes pareils instruits par tes forfaits,
Contre toi de ton art déployer les secrets,
Par tes propres leçons te détruisant toi-même,
Sur ton front écrasé monter au rang suprême.

Antenor le fait conduire en prison ; avant de partir, il lui dit :

Je l'avouerai, la vie a pour moi des appas,
Mais tant de cruauté m'en fait haïr l'usage.
Peut-on aimer le jour qu'avec toi l'on partage ?

Rhamnès lui demande s'il ne

craint pas que les Lesbiens à la vuë de Polidore ne prennent ſon parti. Antenor lui répond :

Ils l'ont trop offenſé pour ne le point haïr;
On n'aime plus ſon Roi quand on l'a pu trahir.

Il découvre les derniers replis de ſa politique barbare, & pour colorer le ſupplice de Polidore & Zelmire, il emprunte le voile de la Religion, ſçachant qu'on peut toujours abuſer le Peuple.

Tout aſſervit le Peuple à mon puiſſant génie,
Tel eſt l'art de régir ces crédules humains,
Qui ferme dans le pli que leur donnent nos mains,
Aveugles inſtrumens du Héros qui les guide,
Avec un eſprit foible ont un cœur intrépide.
Qu'au nom de la Patrie on rend ſéditieux,
Qu'on mène au ſacrilège avec le nom des Dieux.

Le Peuple & les Soldats paroiſſent. Zelmire & Polidore

viennent auſſi, la Princeſſe s'écrie :

O mon pere ! voilà le prix de la vertu.
Par d'heureux ſcélérats ſa ſplendeur uſurpée ;
Des ombres du forfait la laiſſe enveloppée,
Elle meurt ſans goûter le ſtérile plaiſir
D'emporter ſon nom même à ſon dernier ſoupir.

Polidore demande au Peuple d'épagner ſa fille. Antenor déclare que Zelmire eſt condamnée. Zelmire s'abandonne à ſa fureur, qui s'exhale en ces imprécations :

Tremblez tous. Les Troyens par ma mort excités
En immenſes tombeaux changeront vos cités.
Que la peſte cruelle, & la faim dévorante,
Uniſſent leurs fléaux à la guerre ſanglante ;
Que vos fils arrachés de leurs tombeaux briſés,
Soient à vos yeux mourans ſur la pierre écraſés.
Que l'Enfer ſoulevant les abîmes des Ondes,
Faſſe écrouler votre iſle en ſes *flammes profondes*,
Qu'il dévore à jamais ce monſtre furieux,
L'opprobre des Mortels & la honte des Dieux.

Le grand Prêtre arrive; Antenor dit à Rhamnès qu'il est tems de venger Azor & lui ordonne de prendre le fer sacré pour immoler les victimes. Il leve le poignard sur Polidore.

Rhamnès vers Antenor fait une marche adroite;
Il l'observe de l'œil, & menaçant à droite,
Tout d'un coup tourne à gauche, & d'un bras fortuné
Frappe subitement le Tyran consterné.

Boil. Lutr.

Exécrable Assassin, meurs au pied de ton Roi,

S'écrie Rhamnès. Antenor en mourant dit: *j'expire, il est des Dieux.* Rhamnès lui répond: *tu les connois enfin.* Il montre au Peuple l'écrit d'Azor, il leur raconte cette

Merveille respectable à la race future,
Où même en s'oubliant triomphe la nature.

Il s'adresse au Peuple & l'exhorte à reconnoître Polidore leur Roi. Quoi ! dit-il :

Vous répandez des pleurs, ô Thraces inflexibles !
Ah ! ne rougissez pas de vous trouver sensibles ;
Le remords est sublime en des cœurs courageux.

Il se jette aux pieds de Polidore; le Peuple & l'Armée suivent son exemple. Au même instant Ilus délivré de la prison vient embrasser Rhamnès, en voyant le monstre expiré. Polidore termine la Piece par ces vers :

Je ne pourrai longtems jouir de ces bienfaits ;
Justes Dieux ! chargez-vous de ma reconnoissance :
Dans le cœur de son fils mettez sa récompense.

Ainsi finit cette Piece qui a tout le succès d'Hypermnestre. On a appellé l'Auteur avec transport; il a paru avec modestie, il ne manque plus, dit le Bel-Esprit, au triomphe de M. de Belloi que les honneurs de la Parodie & de la Critique, & certainement je lui accorderai le dernier. Pour moi j'étois enchanté, je ne pouvois me contenir; je battois des pieds, des mains, j'appellois l'Auteur, j'aurois voulu le revoir à chaque instant. Notre bel esprit étoit au désespoir de mon enthousiasme. Les beaux esprits n'aiment pas le succès des autres. Il entroit en fureur contre moi, il critiquoit la Pièce avec aigreur, il en déchiroit la conduite; je voulois l'adoucir; mais en vain. Plus je lui disois du bien de Zelmire, plus il s'acharnoit contre les défauts de cette Tragédie. Pour lui complaire, j'étois quelquefois obligé de convenir de ſes remarques.

Il diſoit que les coups de Théâtre étoient des tours d'Eſcamotage, que le Tyran n'agiſſoit jamais; que Rhamnès étoit un imbécile, qui fait le crime par baſſeſſe & par ambition, & qui devient enſuite le plus vertueux de tous les Acteurs, en immolant le Tyran.

Il convenoit cependant que la Scene du premier Acte entre Antenor & Rhamnès étoit très-belle; que le troiſieme acte méritoit des éloges; que le rôle de Tyran étoit aſſez bien vu, mais mal exécuté; que la conduite de la Pièce étoit peut-être aſſez bien combinée, quoique sans vrai-semblance. Mais, disoit-il, l'Abbé d'Aubignac a bien fait une Tragédie où l'on ne trouvoit d'autres défauts que celui d'ennuyer; c'est de cette Pièce dont le grand Condé disoit: *Je sçais bon gré à l'Abbé d'Aubignac d'avoir fait une Pièce dans les régles, mais je sçais mauvais gré aux régles d'avoir fait faire une mauvaise Pièce à l'Abbé d'Aubignac.* Je le priai de m'expliquer comment cela se pouvoit faire. C'est, me dit-il, qu'il n'y a dans sa Pièce, assez bien faite d'ailleurs, nulle vrai-semblance dans les situations, nul développement dans les caractères, nul intérêt dans les personnages, nulle gradation dans la marche, nulle liaison dans les

Scènes, nulle adresse dans les mouvemens; nulle vérité dans le dialogue, nulles passions dans les Acteurs; que sa versification étoit hâchée pour être brillante; qu'elle étoit longue, difuse & pleine de Sentences. Par exemple, continua-t-il, vous qui admirez tant cette Pièce, expliquez-moi, je vous prie, ce que vous entendez par ces vers?

Pour déchirer un cœur, pour creuser sa blessure,
Que sont les passions auprès de la nature?

Et ceux-ci?

Ce sentiment plus tendre en son cœur répandu,
Par sa délicatesse épure sa vertu.

Et les quatre vers qui suivent?

Mais quand cette douceur une fois abjurée,
Laisse à ses passions une femme livrée,

S'irritant par l'effort que ce pas a couté,
Son ame, avec plus d'art, a plus de cruauté.

Je lui dis que je trouvois ces vers très-beaux ; mais j'avouois aussi qu'ils manquoient un peu de clarté, ou plutôt que l'Auteur n'a pas dit exactement ce qu'il a voulu dire.

Il me demanda ce que vouloit dire ce grand Prêtre qui vient pour faire un Rôle de Bourreau, & qui ne fait ensuite que celui de petit Sacristain qui présente des burettes. Il me demanda pourquoi Rhamnès sacrifioit ; pourquoi au cinquiéme Acte, lorsqu'Antenor déploye les derniers replis de son ame, il s'explique devant l'Armée, il me demanda encore pourquoi Ilus est mis en prison pendant que Zelmire & Polidore ſont prêts à être ſacrifiés ; il me demanda dans quelle Religion Zelmire a vu qu'elle ne devoit pas balancer à ſacrifier ſon fils & ſon époux pour ſauver ſon pere ; pourquoi le Trace qui vient annoncer l'aſſaſſinat d'Azor, ne remet-il pas à Zelmire le billet dont il parle. Enfin il n'auroit pas ceſſé de m'interroger, ſi je ne l'avois interrompu en lui répétant que malgré toutes remarques, Zelmire n'en étoit pas moins un chef-d'œuvre & que l'intérêt répandu dans cette Pièce, rachetoit bien quelques défauts qu'on pouvoit lui reprocher,

Aſſurément, reprit notre Critique, votre éloge eſt bien choiſi. Et en effet, quel intérêt ne doit pas exciter un Roi détrôné, haï de ſon Peuple, qui n'eſt point du tout en danger, parce qu'on le croit mort, & qu'il eſt caché dans un tombeau, qui vole au combat en homme courageux, & qui s'enfuit avec prudence?

Quel intérêt ne doit pas cauſer une fille qui a la bonté de ſe laiſſer accuſer des crimes les plus atroces, lorſque d'un ſeul mot elle pourroit confondre ſon accuſateur?

Quel intérêt ne doit pas cauſer un Prince, qui ſur le moindre rapport d'un ſcélérat, croit ſa femme coupable de tous les forfaits qu'il eſt de ſon avantage de ne pas commettre, & qui voit avec une conſtance tout à fait héroïque ſa femme & ſon beau pere condamnés injuſtement?

Quel

Quel intérêt ne doit pas exciter un ſcélérat qui a la nobleſſe & la prudence d'aſſaſſiner lui-même & d'avouer ſes crimes à un confident qu'il n'a pas eu la précaution d'éprouver?

Peut-être, lui répondis-je, que pluſieurs de ces objections ſont fondées; mais au moins admirerez-vous avec moi l'adreſſe avec laquelle M. de Belloy a eſquivé l'unité de lieu en plaçant la Scène dans une Rue.

J'ai été charmé de la liberté avec laquelle les Acteurs viennent & s'en vont.

Je ſçais encore bon gré à M. de Belloy d'avoir dégagé ſa Pièce de ce terrible & de ce pathétique que les Corneille, les Racine, les Crébillon, les Voltaire & autres Génies de cette trempe ont eu la foibleſſe de croire abſolument néceſſaires à leurs Drames. Lorſque je vois à Zaïre, à Britannicus, à Electre, à Mahomet, à Inès de Caſtro, à Rodogune, &c. Mon cœur eſt oppreſſé, je ſuis forcé de m'attendrir, je frémis, un torrent de larmes coule de mes yeux, & cela eſt bien incommode. Qu'il eſt bien plus agréable d'aſſiſter à une Pièce ſans émotion, & avec la même tranquillité que ſi l'on voyoit *les Fantoccini* Italiens!

Le bel eſprit qui ne me lâchoit point (voyez l'envie) vouloit ôter à M. DE BELLOY la gloire d'être l'inventeur de ce tragique, & diſoit que l'Auteur d'Hypermneſtre s'en étoit ſervi avant lui.

J'ai encore un éloge à donner à l'Auteur de Zelmire, ai-je repris, on ne peut trop recommander l'art qu'il employe pour soulager la mémoire des Spectateurs, en tournant la plupart de ses vers en jolies petites Sentences, dont on peut orner les cabinets. En voici quelques unes :

Que fait la renommée au cœur qui la dément?
En paix avec soi-même, on la brave aisément.

. . . .

Tromper un Traître, Ema, c'est lui rendre justice.

. . . .

La Nature allarmée enfante des miracles.

. . . .

Le sentiment se tait, & la raison s'égare.

. . . .

La gloire est trop souvent le prix de l'injustice.

. . . .

Le crime couronné craint l'innocence aux fers.

. . . .

Eh, quel pere offensé se souvient de sa haine,
En voyant des enfans que l'amour lui ramène.

. . . .

Tu sais que les mortels, vertueux, ou capables,
Dans les autres toujours, pensent voir leurs semblables.

. . . .

On n'aime plus son Roi quand on l'a su trahir.

. . . .

On mène au sacrilège avec le nom des Dieux.

. . . .

On ne peut disconvenir que ces maximes ne soient très-belles.

Mais si je loue dans Zelmire l'intérêt, le développement des caractères & des situations, je n'en applaudis pas moins à la versification, je vais prouver la beauté:

Ta tendresse va croître au récit de la mienne.

Le recit d'une tendresse! Reciter une tendresse pour en faire croître une autre! Que cela est neuf!

Sur ton front écrasé monter au rang suprême.

Monter sur un front écrasé, Que cette image est noble & juste!

Que sont les passions auprès de la nature!

Que cet *auprès* est poëtique! Que la Nature opposée aux Passions forme un beau contraste!

Car l'inflexible airain de l'ame la plus dure
S'ébranle & s'amollit au cri de la nature.

L'inflexible airain de l'ame qui s'ébranle & s'amollit au cri. Tout cela est bien beau.

On dira tout ce qu'on voudra, mais il est certain que Racine & Voltaire n'ont jamais écrit comme cela.

Le Bel Esprit ennuyé de mes discours apologétiques ne cessoit de me répondre que la Piece de Zelmire n'avoit tout au plus qu'un intérêt de curiosité par la multiplicité des coups de Théâtre entassés les uns sur les autres sans but & sans dessein, que la versification étoit foible, lâche, obscure, entortillée, diffuse, & qu'il s'attendoit bien que cet ouvrage n'iroit pas loin à la lecture. Et puis tout à coup saisi d'un transport prophétique, il dit d'un ton de Philosophe que tout faisoit le cercle sur la terre, que les Empires ont tour-à-tour une splendeur & un abaissement; qu'il en seroit de même de la Tragédie parmi nous; qu'il ne désespéroit pas de voir quelques jours un autre Thespis se promener sur un tombereau dans les rues & chanter sur des Treteaux, puisque sur la

Sçene Françoiſe, c'eſt-à-dire ſur le plus beau Théâtre du Monde, on faiſoit déjà des tours de Gobelet, en récitant des vers Techniques. Après cette prédiction, le Bel Eſprit me quitta d'un air fier & ſublime, & je ne le vis plus. Je compris qu'il alloit mettre par écrit la Critique dont il m'avoit parlé, & je fis mes efforts pour le prévenir.

FIN.

www.ingramcontent.com/pod-product-compliance
Ingram Content Group UK Ltd.
Pitfield, Milton Keynes, MK11 3LW, UK
UKHW021131230726
13926UKWH00002B/721

9 782014 103472